ソラ猫の　そらごと

鈴木康子

目次

春の味

春の味は
ほろにがい
大地が
目ざめるため
ほろにがい

人生に目ざめるため
青春は
ほろにがい

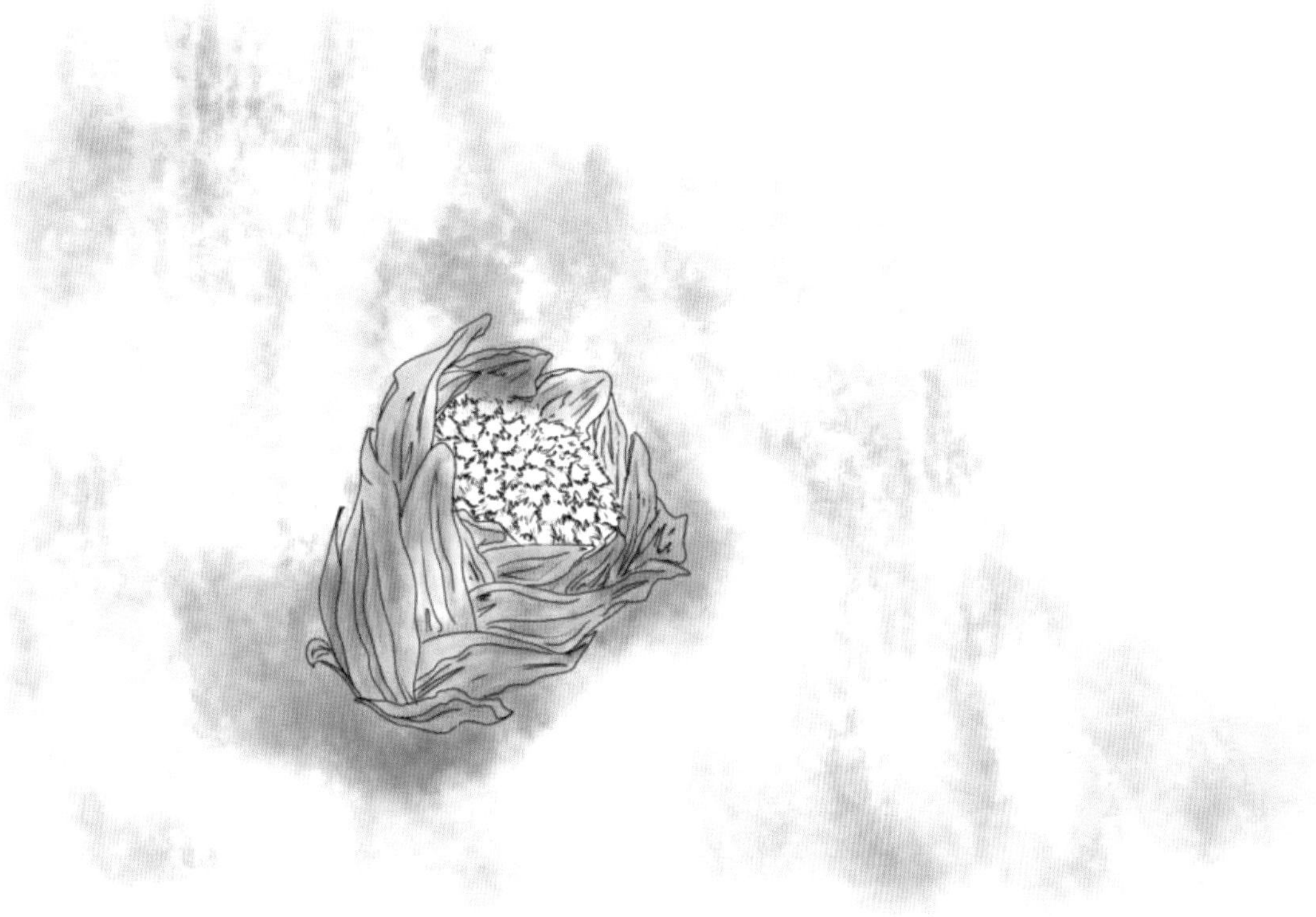

イラスト：永田絢弓

私は今

私は今
この生命《いのち》の先端で
飛び跳ねる

どんなところも
アスファルトでも
突き抜けようとする
雑草の芽のように
ぐいぐい　ぐいぐい
じりじり　じりじり
ただ伸びあがる
それだけに集中して
上へ上へ
生命《いのち》が押し上げていく

何でこんなところに
生まれたか
そんなことは
どうでもよい

どこまでこの生命《いのち》を
きらきら輝かせるか
ただそれだけだ

何でこんなこと
しなきゃあならないのか
そんなことは
どうでもよい
ただ生きることだけだ
生きるということは
そんなに難しいことではない
茨の道でも
一歩一歩
痛みをともなって
目から涙があふれて
足から血が流れても
ただ自分の中から
あふれ出す
生命《いのち》の光と
太陽の光を信じて
共鳴しながら
自分の生命《いのち》の光が

燃え尽きるまで
歩けるところまで
前へ前へ
上へ上へと
進んでいく
それが生きる姿

いつも
生命《いのち》の最先端に
生きている自分は
笑って泣いて
そんな自分が
うれしくて
思わず飛び跳ねる
生命《いのち》はいつも
躍動している

イラスト：堀内優希

地球が笑うまで

梅雨前のムッとする暑い日
強い日差しが降り注いで
肌は
針に刺されているような
痛みを感じる

空を見上げると
そこには薄い雲が
青い空いっぱいに広がっていた
それはまるでレースをまとったような
大きな白い鳥が優雅に飛んでいる姿だ
この大空にすんでいるこの白い鳥は
しばらくすれば
この大空へ消えていくこと
その運命《さだめ》を知っているように
大きな羽をはばたかせて
力強い姿で
空いっぱい飛んでいる

その気持ちよさが
私の心の中にまで飛び込んでくる
そして私のうつうつとした心を
空へと連れ出そうと
私の心の扉をたたく
扉を開けると
心の中に充満していた
灰色の空気が抜けて
そこから白い鳥に乗って
飛び出していく少女がいた
青い空をめざして
サーッと飛び上がっていく
その笑顔がきれいだ
キラキラ輝いている
その笑顔に覚えがある
私が忘れていた
幼い頃の私のほほえみだ
しばし
この大空を
その白い鳥に乗って
自由に走りまわるといい

その解き放たれた心と
大空とが一つになって
笑顔であふれるような空間が
大きくふくれあがって
それが爆発する

イラスト：古谷幸夏

その破片がみんなの心に
入り込んだら
それは笑いの種となって
みんなの心に笑いが芽生える
そうすると
みんな
なんとなく愉快になる
空を見上げただけで
思わず
ほほえみたくなる

ほほえみの花は
また種をたくさんまいて
世界中が笑いでいっぱいになる

地球全体の人が笑ったら
地球はワラワラ揺れるかな
地球はくすぐったくて
おかしくって
思わず「クスクス　クスクス」
たまらず「ワッハッハッハァ」と
笑いだすかなあ

夏の太陽と雲と少女

夏の白い雲のお出ましだぁ
大きな白い雲が
大きなあくびをしながら
ゆうゆう
のんびりと
モワモワの白い雲たちを引き連れて
青い空いっぱいに行列が続いていく

「夏の太陽は大好きだ」って
白い雲は胸をはって言った
「だって、自分をピカピカに
輝かせてくれるんだもの」
白い雲は大きく手を広げて
気持ちよさそうに光を浴びる

それから白い雲は
大きなピエロになって
たいそう丁寧に
太陽に向かってお辞儀をした
それを見た太陽は思わず大笑い

その息が風となり
ピエロの一部がちぎれて
そこには小さな白ウサギが現れた

白ウサギは元気よく空いっぱいに
ピョンピョン飛びまわる
「空ってなんて広いんだろう」
白ウサギは楽しくって楽しくって
思わず走りすぎて
大きな灰色雲にぶつかった
それは灰色のゾウの姿
鼻を大きく振り上げて
鼻から勢いよく雨を降らせて遊んでいた
そうすると太陽が笑って
空に大きな虹の橋ができあがった

それを地上から赤い傘をさした
小さな女の子が見上げて
思わず
うれしそうにほほえんでいた
それを見た灰色雲のゾウさんは
すっかりうれしくなって

また鼻からたくさん雨を降らせて
大きな虹を作った

そして　仲良しの白い雲に頼んで
白い雲の馬車を地上まで走らせて
少女を乗せて
虹の橋に連れて行ってもらった
太陽がその虹の上に
また大きな虹を作ってあげた

虹の橋で見上げる虹は
とびきり素敵な眺めだ
少女は目を輝かせて
ゾウさんに手を振っている
その笑顔を見て
「今日は愉快、愉快」と
灰色雲のゾウさんは
大きな白い雲と
ゆっくり空を飛んでいった

虹が消える前に
赤い傘を持った少女を

風が取り巻いてゆっくりと
降りていく
それを見た太陽も
「愉快、愉快」と笑ってた

イラスト：乃梨りん

セミたちと私の生命《いのち》

川沿いにある梨畑には
四月になると
畑いっぱい盛りあがるように
白い花が咲き誇る

花の季節が過ぎ去ると
今度は
その葉が大きく伸びあがって
強烈な日差しを気持ちよさそうに浴びて
太陽の光にほほえむように
キラキラ輝いて
梨たちは元気に成長していく

七月には少し大きくなった梨の実が
その葉陰にたわわに実ってくる
その頃には梨の木の
あちらこちらから
セミの歓喜の叫びがはじける
生命《いのち》が絶叫し合う世界となる
一面の梨畑は巨大なスピーカーのように

そこから大きな歓声があがって
暑い日差しの中に
生命《いのち》の鼓動がほとばしる

その梨畑のそばを
私は一人歩いてゆく
誰も歩いていない夏の午後
セミたちの声に
私の生命《いのち》もふと目覚めて
思わずまわりをうかがう

こんな強烈な生命《いのち》の喜び、歓喜
私の身近にはなくなって
すっかり生きる意味も見失った

イラスト：永田絢弓

冷房で快適な部屋の中では
生命《いのち》はどんどん冷やされていく
なにものにも共鳴できずに
動かなくなった心

蒸し暑い真昼の道で
強い日差しの下を
だらだらと汗を流しながら
セミたちのけたたましい叫び声を
聞いていると
思わず私の生命《いのち》もふるえあがる
私の生命《いのち》と彼らの生命《いのち》が共鳴しあって
今をともに生きていることに
一瞬　恍惚となるのだ

郵便はがき

おそれいりますが切手をおはりください

604-8456

京都市中京区西ノ京壺ノ内町8－1

花園大学文学部日本史学科

鈴木康子 宛

『ソラ猫のそらごと』読者カード

フリガナ

お名前　　　　ご年齢　　才

ご住所　〒

メールアドレス　　@

学校名、またはご職業

この本のご購入先

・書店　・インターネット書店　・その他（　　）

この本をお知りになったきっかけを教えてください

ご愛読ありがとうございます

この本のご感想、作者へのメッセージなどをお待ちしています。

イラスト：岡崎佳乃子

笑い銀行

たくさん笑って
たくさんほほえんで
ありあまるほどの
笑顔があったら
笑い銀行に持って行って
笑いを貯めよう

幼い頃は
何も見ても
笑いがこぼれる
だからたくさん貯まる
いつもいつも笑いを
山積みにして
たくさん貯めよう

そのうち笑いを忘れて
すっかり下を向いて
暗い気持ちでいっぱいの中
涙の雨が降りそそぐ時には
笑い銀行に行って

貯めていた笑いを
たくさん引きだそう
利息の笑いもついてきて
たくさんの笑いに包まれて
家に戻ると
家の中は笑いでいっぱい
太陽が挨拶してくれたように
パッと明るくなる
笑いがやってきたら
シーンとした暗い空気も
思わず窓から逃げ出して
心の中に広がっていた
黒い霧も笑いに吹き飛ばされて
すっきりさわやか

だからたくさん笑った時は
もったいないから
笑い銀行に持って行って
貯めておこう

笑いがたくさん
ありあまっていたら

イラスト：岡崎佳乃子

友達にわけてあげよう
涙を流している人を
そっと笑いで包んであげよう

もちろん自分がしてあげたなんて
言ってはいけないよ
明るくなった顔が
一番のプレゼントだからね
虹がみえる顔は
美しいね
あたたかいね
そういう顔が
たくさんあったら幸せだね

宇宙のおだやかさ

宇宙を流れている
宇宙を包み込んでいる
気のようなものは
すごくおだやかだ

もちろん星が年老いて
爆発したり
星と星がぶつかったり
いろいろなところで
破滅状態のような…
そんなところにも
どんなところにも
そのおだやかな気はあふれている

人間の感情や欲を通して見える世界
それとはまったく違う
ゆったりとした気が満ちている
それは自分のまわりにもあるけれど
吸えるか

吸えないかは
自分の意識次第だ
座禅とか瞑想とかは
その宇宙の気を
自分の中に吸い込んで
うまく循環させようとしている

でも　そうしなくとも
その気を生まれつき自然に
取り入れることのできる人間もいる

地球の動植物も
鉱物も何もかも
その気に満たされている
人間だけが
それをいつの間にか
吸い込む術《すべ》を失って
自らの感情や欲におおわれて
イライラ　せかせかしている
私が山に登りたいのも
人間の間で酸欠状態になって

苦しくって
その宇宙に漂う
ゆったりした気を
体いっぱい吸いたくて
山の頂を目指すのかもしれない
人間としてよりも
生物としての輝きを取り戻したい
ただそれだけなのかもしれない

宇宙には
いつもおだやかな
気があふれている

イラスト：永田絢弓

大きな入道雲の坊や

もくもくと白雲が元気に
わきあがって
生まれたての入道雲の坊やは
大地を見下ろして
「どうだい」って顔して
どこまでも手を足を
体じゅういっぱい広げて
大きく大きく伸びあがっていく

あの青い空にもっと近づきたくて
あの太陽にもっと寄り添いたくて
入道雲の坊やは
もくもく　もくもく
大きく成長していって
空いっぱいをおおうばかりになった

それでも雲の上の青い空は
際限なく高く
澄みわたっている
太陽は空のずっとかなたで

ゆったりとして
ギラギラ　ギラギラ
相変わらず元気に輝いている

それを見て入道雲の坊やは
すごく悲しくなって
「ワーワー」と大声を出して泣きはじめた
大粒の涙が地上に降りそそいで
雲の下で楽しそうに遊んでいた子どもたちも
思わずちりぢりに家に向かって走っていく
もうだれもいなくなった地上を見て
入道雲の坊やは
もっともっと悲しくなって
もっともっとさびしくなって
もっと大きな声で「ワーワー　ピカッピカッ」
「ドドーンン　ドドーンン」と泣き叫ぶ
「ピカッピカッ　ドドーンン
ピカッピカッ　ドドーンン」

それを上から眺めていた
青空と太陽は
思わず「ワッハッハッハッハァ」と笑い出した

イラスト：永田絢弓

そして青空は
「まあ、でも、そのうちすっきりして
泣きやむだろう」
と言うと太陽は
「そうだ、入道雲の坊やのために
とびきりきれいな虹を用意してあげよう
そうすればきっと機嫌もなおるだろう」
青空と太陽は
おかしそうにほほえんで
楽しそうに大きな虹の橋を作りはじめた

セミの絶叫する夏

生命《いのち》が躍動する夏の日々

セミたちは
ようやく地中から出てこられた
その歓喜で
身を震わせんばかりに
その生命《いのち》の輝きを叫ぶ

人間たちは
エアコンのきいた
涼しい空間の中で
さぞ幸せに生活しているかといえば
そう楽しそうには見えない

セミは暑い空間の中で
ただ、自分の体いっぱい鳴き叫ぶ
まわりを気にしているほどに
時間がないのだ

自分が今ここにいること
それがどんなに輝かしいことか
生命《いのち》が躍動する
この空間が
どんなに気持ちのいい場所か
晴れの日も曇りの日も
雨の日さえも
いとおしい
ただ死にものぐるいに叫ぶ
短い夏の日々
短い生命《いのち》の日々
その瞬間が大切な瞬間とさえも
忘れるほどに
ただ一心に自分を主張する
「自分はここにいる」
「自分は生きている」
…と全力で叫び続ける
たくさんの生命《いのち》の叫びが共鳴する空間
そこに響きわたる
生命《いのち》のエネルギー交響曲

まるで暗闇の中に静かに光る
線香花火のように
ドカーンと夜空に打ち上げられる
大きな花火のように
この生命《いのち》が
その一瞬に燃え尽くされても
惜しくはない
どこにでもしがみついて
ひたすら叫ぶことが生きること
今日一日生き続けられた安らぎ
一生懸命生きたことへの満足感で
夜になっても
寝ることさえ忘れ
その余韻《よいん》にひたる

人間よ
もっと叫ぶといい
セミのように生きていることの奇跡を

その喜びを
まるでオペラ歌手のように
セミが思わず振り返るくらいに

鳴くことをやめるくらいに
歌い尽くすのだ
心の底のマグマから
噴きあがる生命《いのち》のほとばしり
その力強さ
その美しさに
震えあがる心を思い出すのだ

イラスト：岡崎佳乃子

雨の中のカラス

雨がずっと降り続く
どんよりした午前
机に向かっていると
窓の外の電線に
一羽のカラスが止まった
あたりを見まわしながら
無言でしばらくそこにいた

まるで黒いカッパを着込んだような姿
そのカッパの上の方に
小さな雨粒がいくつもあった

カラスと私の間には
白い斜線を描いたように
雨が通り過ぎていく
カラスは
時折まばたきをしていた
雨が目に入るからだろうか
友達とはぐれ
途方に暮れたように

ただ一羽で
あたりをながめている

このカラスも
雨がやんで
やがて晴れてきて
この黒いカッパを脱げば
カワセミのような
鮮やかな色をした羽を持っていたなら
こんなにも嫌がられなかっただろう

カラスの心の中に
虹色の光が輝いていたとしても
誰も知りはしない
誰もわかろうとはしないだろう
明晰な頭脳を持っていても
繊細な心を宿していても
黒い羽に覆われたなら
不吉なヤツと嫌がられ
悪賢いヤツと刻印を押されるだけ

それでも
このカラスはこうして
雨の中でも
しっかりと電線を握って
ただ必死に生きようとしている
その生をまっとうとしている

部屋の中で
ぼんやりしている私より
目の前の一羽のカラス
その孤独な姿は
ずっと輝いていて
生命《いのち》の匂いがする

イラスト：永田絢弓

光にあふれた世界

どこにも光が見出せない…と
私が嘆くと
心の奥底から
つぶやくような声が
聞こえてきた

光はどこにも満ちあふれている
生命《いのち》そのものが光
光がないと思うのなら
それは自分が
自らの生命《いのち》の扉を
かたく閉ざしているだけだ
そして、その暗闇の中で
一人膝を抱えて涙ぐむ
それも
そんな時も
人生には必要なこと
でも、光が見出せないのは
自らが一歩踏み出し

心の扉を開けようとしないから
ただ、それだけのこと
いつも生命《いのち》は光に包まれている
それに、生命《いのち》は光そのものだ

すごい活躍をした者が
ぐっと輝くことはあっても
誰も振り向くことのない旅人は
光っていないなんて
そんなことがあるだろうか

ただ生命《いのち》の光を放って
人は生きている
それ以外
何が大切だろうか

自らの生命《いのち》の光に蓋《ふた》をして
外からの光を拒絶する
そして一人
暗闇の中に座り込む
思い切って心の扉を開ければ
自分が閉めた扉をちょっと開ければ

外から幾筋ものほのかな光が
心の中に差し込んでくる
その光に誘われて
私の生命《いのち》の光と
たくさんの光が交差する
まぶしいくらいの
光の踊る世界の中で
生命《いのち》はますます活気づく

自分の生命《いのち》の光を信じ
自らの心の扉を閉ざさず

イラスト：徳島明花莉

多彩な光の交流の中から
虹が描き出されることもある
さあ、立ち上がってごらん
そこにある扉を開けてごらん

私はそのかすかな声にうながされて
ゆっくり立ち上がり
頼りない足取りで
自らの扉に近づき
ゆっくり開けてみた

そうすると
まず風が入ってきた
さわやかな挨拶をして通り過ぎていく
夜明けのすがすがしさが
心の中にひろがっていく
私は朝の光を体いっぱいに浴びて
自らの光を抱えながら
ゆっくりと歩き出す
光の中を

いつも世界は光に満ちている

三六五人の私

一日　一日
朝になって
起きるたびに
違う私が起きだす
そしたら
今日の私はどんな私だろう
明日の私はどんな私になるのだろう
そして昨日の私なんて
もうどうでもいい
過ぎていく風景のように
それが美しい風景であろうと
なかろうと
私は今日の私とともにあり
また明日の私に
バトンタッチすればよい
今日の私は
今日だけの私だ
だからこの一日をどう生きても
私の自由で
私の責任ですべては決まる

でも一日だけだけれど
明日の私は
またそれなりに
生きていくのだろう
どう生きるかは
明日の私が決めること
今日の私には関係ない
だからこそ
今日の私を
すばらしく生きたい！
と思うこともあれば
今日はずっと寝る！
ということもあるだろう

それでよい
何でもよい
その日の私に
すべては任されている
そして三六五人の私が巡って
新しい三六五人の私の日々が
三六五人のドラマが
また始まる

ワクワクする日も
すっかり意気消沈する日も
その日の私が受けるだけ

さて明日はどんな人が
起き上がって
私を生きていくのか
そんなことを思って
今日の私は
反省もせず
おやすみなさいと
つぶやいて
まぶたを閉じて
私の中からすーっと飛び出して
夢の中へと羽ばたいていく

イラスト：岡崎佳乃子

心の波

人それぞれの
喜びと悲しみ
悲惨な
そして歓喜の一瞬
同じ行為でも
不幸になったり
幸福の極みになる
そういう大小の波が
心の浜辺に
絶えず打ち寄せてくる
よいことも
悪いことも
限界を超えれば
人を狂わせる大きな力となる

心の砂浜に座って
静かに打ち寄せる波の音に
心が癒やされる

時には大きなうねりを響かせ
荒れ狂った大波が
すべてを飲み込むように
浜辺に襲いかかる
そこにあった美しい記憶も
すべて持ち去っていく
そうした心の中に
絶えず打ち寄せる波に
人は翻弄《ほんろう》され
泣き笑い
生きている

でも心の波はすべて
心の中で生み出されるもの
心の波は気持ち一つで
どうとでも変えられる
瞳《ひとみ》の外にどんな悲しいことが
展開していても
心の中には穏やかな波を
作り出すことができる

どんなに幸福《しあわせ》なことに
包まれていても
心の中に激しい怒りの
大波を打ち寄せさせ
自分の浜辺をコナゴナに
破壊することもできる

すべては自分が思い描く風景が
心の中に広がることになる
だったら
そりゃあ楽しい風景を
いつも心の中に
作ってそれを守っていたい
外からどんな力が
どんな破壊が襲ってきても
自分の心は
それとは違う動きをする
そしていつも明るい空間を
心に思い描いている
それだけじゃなく
心の中に特別な扉を持っていて
そこを開けると

私の場合
丹沢の塔ノ岳の山頂に行ける
そして山頂に座って
西にどっしり広がる
富士山と話す
南側に広がる太平洋と語る
山頂に吹く風と遊ぶ
そして再び戻ってくる

心は自由だから
天空を飛ぶこともできる
それをみんな知っているようで
まったくわからず
暗い気持ちで自分を
縛ってしまう

もっと心は
心だけは
自由だということ
わかってくれると
いいなあと思う

イラスト：岡崎佳乃子

光合成のすすめ

家族の悪口
職場の悪口
友達の悪口
みんな愚痴だらけ
まるでまわりに二酸化炭素を
たくさん充満させて
あたりに振りまいているようだ
だからそんな話を聞いてると
酸欠状態になって
こちらも苦しくなる

いつもさわやかで
思わず寄り添っていたい！
と思う人は
きっと光合成をして
盛んに濃い酸素を出している人だ
いつも笑顔で前向きで
人の話を自分のことのように
聞いてくれる

その人に
「どうしてそんなにたくさんの
新鮮な酸素を作れるの」って
聞いてみた

その人が話してくれた
「太陽の光をいっぱい浴びてさ
たくさんの二酸化炭素を
太陽の光と
空に浮かんでる雲をちぎって
一緒に混ぜてしまうんだ
そうすればみんな混ざって
あとは泡のように
消えてしまうさ
しばらくすると
元気いっぱいの
酸素が生まれてくるんだよ
まるで奇跡だけれど
ほんとうの話だよ」

それから
「私たちのまわりは

奇跡だらけだ
生まれて
人を愛して
そして死んでいくのも奇跡だよ」って
やさしく話してくれた
どうせなら植物のように
太陽の下で
せっせと酸素を作り出して
笑顔を浮かべて
みんなと笑い合って
二酸化炭素を飲み込んで
まわりをさわやかな酸素で
いっぱいにしてしまおう

そうすると
たくさんの笑いが集まってきて
そこから
濃厚な酸素が作られて
そこに
もっとたくさんの人が
集まってきて
たくさん　たくさん

楽しいことを
話すんだよ

イラスト：岡崎佳乃子

小さな自分と地平線

今　私は小さく
小さくなろうとしている
小さく小さくなって
傷つくことを知らず
孤独も知らず
涙も流さなくなる
そうしていったい
どうしようとしているのか

みんな幸福《しあわせ》になりたい
そう思っている
でも幸福《しあわせ》って何だろう
いつもそれを追い求め
それを得た時の一瞬の満足感
次にポカンとした虚無感が
扉の前に待っている

幸福《しあわせ》というのは
明るい地平線のようなもの
頑張って

そこにたどり着けば
もうそこは現実の世界
幸福《しあわせ》はさらに遠くに行って
ずっと先で笑顔を見せている
つかんだと思った時には
手の間からするりと抜けて
もう手の中はカラなのだ
そんなことを何回も経験した者は
幸福《しあわせ》や夢を追うことに
疲れを覚えるようになる
そしていつの間にか
追うことをやめて
今のその地に安住するようになる
そうなると
不思議に人間は堕落してくる

いつも追いきれない夢が
その人の人格を支えてきた
つかみきれない幸福《しあわせ》の片鱗《へんりん》を
追い求めてさまようこと
追いきれない焦燥《しょうそう》の中で
心の中に生まれる

果てしのない虚無感が
自殺寸前にまで追いつめられる
すれすれの絶望感が
その人の心をいつも新鮮に
保っていてくれたこと
その時には気づかない

自分を押しつぶそうとするものが
自分を守ろうとする力を鍛え
自分の生命《いのち》を生き生きとさせる

もちろん
ただ厳しさだけで
やさしさや暖かさがなければ
人生の中で凍え死んでしまう
でも、やさしさと暖かさに囲まれて
人間は前へ進めない
そこですっかり寝込んでしまう
前へ進めてくれるのは
それを押し戻そうとする力

生きることは
いつも重力に反抗して
あざやかに活動することだ

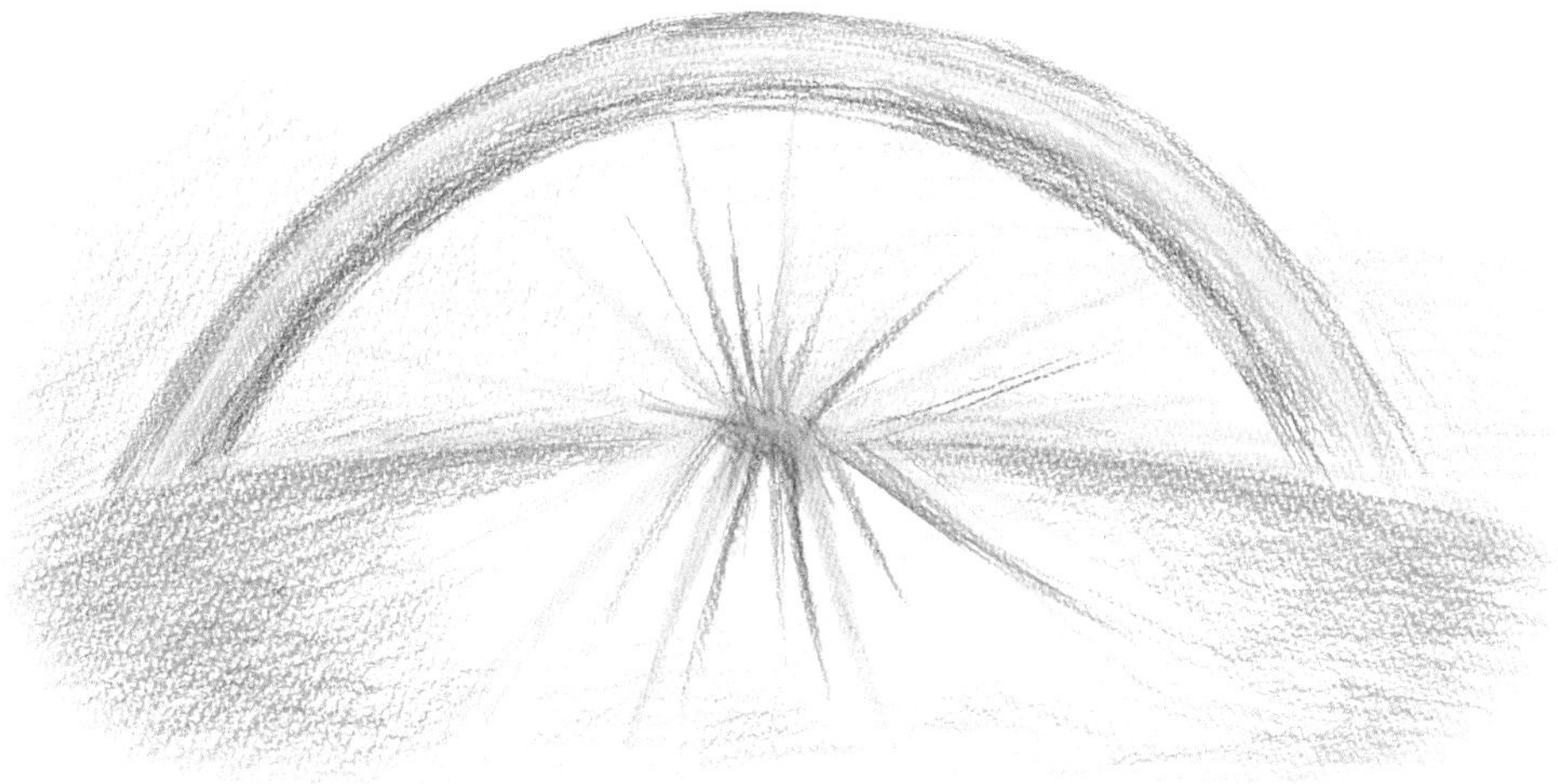

イラスト：岡崎佳乃子

誰もえらくなくて

誰もえらくなくて
誰もえらい
誰にも胸をはって
生きている時がある
誰にも下を向いて
生きている時がある
誰にも賞賛されるところが
一つはあって
そうでないところも
一つはある
完全無欠な人は
一人もいなくて
すべて欠点だけの人も
一人もいない

悪行ばかりする人も
時には情けをかける
善行ばかりする人も
時には花を踏みつけていく

だから何だって言うのさ
ある人のある部分だけ
ある時だけに焦点をあてて
あの人は悪い人
あの人は良い人
そんなことが言えるだろうか

ただただ人生という
川の流れの中で
光を受けたり
魚と遊んだり
淀《よど》んだり
ゴミだらけになったり
というだけの話じゃないか

すばらしいものと
そうでないものの
ともに絡《から》み合って
前へ進んでいく

善と悪とを立体化してみれば
それは単なる
一つの山の表と裏
そんなもの

イラスト：岡崎佳乃子

オレンジ色のコスモス

オレンジ色のコスモスが
暗い溝《みぞ》の中から
ひょっこり一輪
伸び上がって
にっこり咲いていた

まるで太陽のように輝いて
まわりを明るくしている
暖かく包み込んでいる

どこからやって来たのか
どこから飛んできたのか
あたりにオレンジ色のコスモスは
どこにも見えない
どこか遠いところから
長い旅をしてきたのかもしれない

たくさんの白やピンクの
コスモスが咲き乱れている
そんなところからも

ずっと離れて
一輪だけ
風に揺れて
ポツンと佇《たたず》んでいた
咲くところを間違えたのだろうか
一輪だけで
ちょっと淋しいけれど
ここで生まれ
ここで育ち
風雨や虫たちにも負けず
ようやく咲いた
オレンジ色のコスモスは
まわりを笑顔にさせる

そのコスモスは
誇らしげに胸をはって
「私は太陽の娘なんだよ」って
みんなにささやくと
まわりのみんなも
「そうだ！そうだ！」って
はやし立てる
太陽だって

「そうかもしれない」って
思うほどに
そこで光り輝いている

どんなところにいても
どんなところで育っても
ただただ一生懸命に
生きる
まわりを明るくさせるなら
もっとすばらしい
たかが一輪の
オレンジ色のコスモス
されど尊い一つの生命《いのち》

いつまで輝けるか
わからないけれど
この青い空の下
今日は元気に生きている
秋のおだやかな日に
オレンジ色のコスモスは
今を大切に生きている
「がんばれ!」って

私も思わず
オレンジ色のコスモスに
ささやかなエールをおくった

秋の静かな晴天の日に
こんな素敵な出会いが
心を温めてくれる

イラスト：岡崎佳乃子

時の風の中で

一日一日と生きていくのだろう
今日を飛び越えることもできず
昨日を振り返って
戻ることもかなわない
ただ今日がここにあるだけ
そこで
どんな苦しいことがあろうと
どんな悲しいことがあろうと
今は目の前の状況の中に
立たされているだけだ
それを否定して
目をつぶって
しゃがみ込んで
泣きじゃくっても
時の風の中に風化していくだけ
それは躍《おど》り上がらんばかりの
喜びの中にいても
同じことだ
だから今を思いきり楽しもう

思い切り悲しもう
誰も止めやしない
泣き叫び
わめいたって
時の風が
それをどこかへ
運んでいってくれる
どんなに楽しく
心ざわめく瞬間だって
そっと時の風は
そばにやって来て
いつの間にかすーっと
そのときめく瞬間を
どこかへ運んでいってしまう

ただ私たちは今日の中で
動きまわり
そして疲れて寝るだけだ
どんな今日であっても
自分だけの今日は
いつもいとおしい
たとえそこに涙が光っていても

笑いが輝いても
すべては私の今日
ただこの今日という日を
私として過ごすこと

私に与えられた
今日というステージで
私はなんとか生きていく
ただ生きていくことが
とっても大切なこと

そしてどうせ生きるなら
太陽の光をたくさん浴びて
それをまわりに反射するような
明るい暖かい存在でありたい

黙っていても
まわりを包み込むような光を
心の中に宿して
ただ私は
今日という日を
今日という日だけを
生きていく

イラスト：乃梨りん

細胞は無我夢中だ

細胞は元気いっぱい
今日も無我夢中だ
いつも掃除は行き届き
古いものから
新しいものへ
バトンタッチ
絶え間なく働き続ける
疲れたなんて
弱音を吐かない
立ち止まらない
ただただこの生命《いのち》のため
この生命《いのち》を維持するため
ずっと動きまわり
それぞれの仕事を
処理していく
細胞は無我夢中だ

それは
この一人の体を守るため
何とか　どうにか

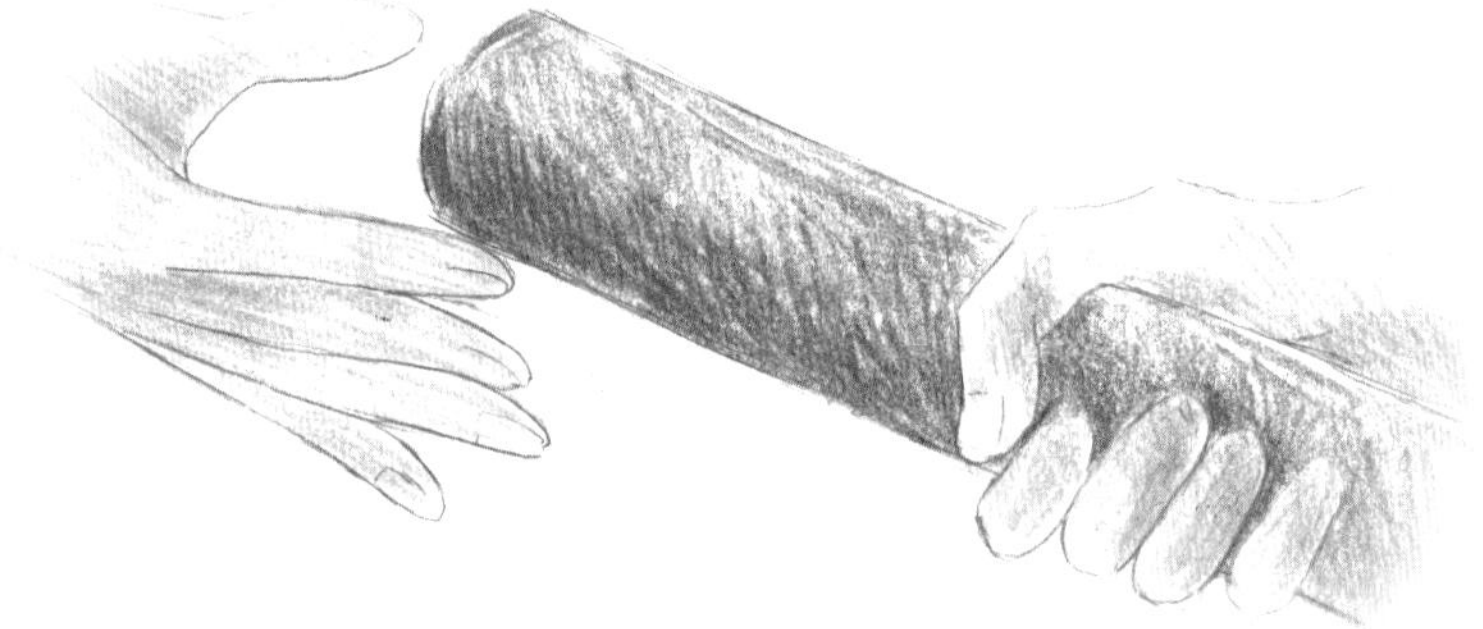

イラスト：岡崎佳乃子

この一人の私の体を
動かすため
そんな細胞が私の中に
数千億以上あるだろう
無言で働き
動きまわり
すべて全力を尽くし
私一個の生命《いのち》を維持するため
日々奔走している

その活動のざわめきを
一つ一つの細胞の躍動を
ふと感じた瞬間
驚きとともに
一種の感動が心を貫いた

そのエネルギーに
突き動かされて
いつもたくさんの細胞の
応援を受けて
あと押しされているのに
私はぼんやり生きてきた

でも細胞たちの
元気いっぱいな活動を
無我夢中な姿を
心で感じられるようになると
何だか体中に力が湧いてきて
「今日も一日
みんなとともに
がんばるぞ！」って
細胞たちに宣言したくなる
みんなからの絶大な応援を受けて
今の私は
一個の人間として
動きまわり
活動させてもらっている

数え切れないほどの細胞たち
その莫大なエネルギー
それが胸の鼓動とともに
地の底から吹き上げる
火山の溶岩のように
ほとばしり

赤々とギラギラと
体の中を突き抜ける

だから
この一個の私も
この空と大地の間に
そそり立つ
大きな火山となって
華々しく
堂々と
その存在を主張し
この生命《いのち》を
地の果てまで
空のかなたまで
叫び続けるのだ

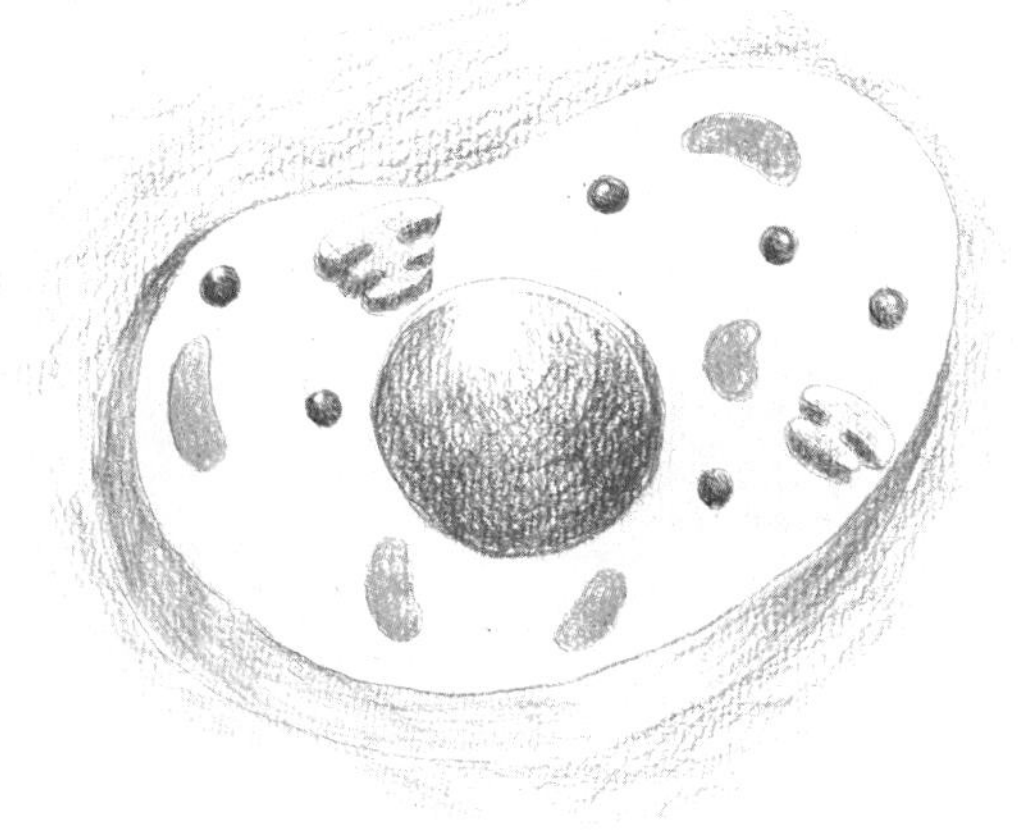

イラスト：岡崎佳乃子

いつも　いつも

いつも苦しくて
いつも時間がなくて
いつもやる気がなくて
いつもバカなことばかりして
いつも無意味なことにはまりこんで
いつも疲れて
いつも笑顔を忘れて
いつも下ばかり見て
いつも自分が嫌いで
いつも今日こそがんばろうと思って
またいつもと同じ日になる

そのうち人生の夕日が見えてきて
もがくことも
もがこうと思うこともなくなり
無気力になり
何にも興味がなくなり
何にも感じなくなる

そんな自分の人生がおかしくて
自分の愚かさが悲しくて
ただ死を待つばかりの
この身を抱きしめる
それでも生命《いのち》の可能性を
信じているから
こうして生きている
一筋の光のように
一本のろうそくのように
生命《いのち》からの光を感じて
生きている
自分の光の中で
今この一瞬一瞬を
生きている
「それでよい」
誰かがささやく

イラスト：堀内優希

生きることが使命だから
死ぬまで光を絶やさない
誰かがその光を頼りに
歩いているかもしれない
歩いてくるかもしれない

私の心も
そのほのかな光に包まれて
暖かい

イラスト：堀内優希

ちょっと先には

いつもちょっと先に
光がある
自分が限界と思った
ちょっと先に
いつも光がある

どうしようもない孤独
いくら考えても迷路に入る
すべてがふさがれた空間
絶望と失望と落胆と焦り…
そんな時
人は
そこから逃れようとする
一刻も早く
この苦しみから解放されたい
そう思って
ふと歩みを止めてしまう
その場にしゃがみこんでしまう
でもその気持ちに耐える
ふんばる

思い切って前に進んでみる
そうすると
今まで閉ざされていた
大きな門が開く音がする
頭の中で閃《せん》光《こう》が走る
いつも快適とはいかない

イラスト：岡崎佳乃子

気持ちよく走れるのは
人生でわずかの時間

頭の中に
いろいろな具材を入れて
すぐには何も起こらない
肥料もワインも
じっと発酵を待つ
何もできない時間は
イライラする
でも頭の中では
新たな建設が始まったり
アイデアの芽が出てきたりで
そりゃあもう大騒ぎ

それがわからないから
感情が騒ぎ出して
立ち止まったり
あきらめて後ずさりしたり
思わず変な方向へ走り出す
でもじっと待っていてごらん
ちょっと待ってみてごらん

心に何も入れず
何かに気を散らされず
耳をふさいで
孤独に耐え抜いて
ため息の中で
思わず上を仰ぎ見る

自分の限界のちょっと先
そこに光が待っていてくれる

もうだめだと
放り出さないで
ただ続けていると
光はふいに差し込んでくる
不思議だけど
ミラクルだけど
これこそ自然の法則
ちょっと試してごらんよ

輝く秋の…

十月の光は
透き通るように
高い響きで木々にあたる
木々たちも高い響きで
その光をあたりに
あふれかえらせ
輝く秋の風景が
どこまでも広がっていく

反射した光の波が
あちらこちらに打ちよせる
そのキラキラした空間の中を
しみじみ味わうこともなく
私たちは忙しそうに歩いている

キンモクセイは
その空気の中で
しばらくの間
通奏低音のように
ずっと広がって漂っている

イラスト：岡崎佳乃子

その匂いに
時々気づき
時々忘れる
それでも
そのさわやかな匂いは
ずっと空気の中にあって
私たちの心のざわめきを
いくばくか静めてくれる
十月のどこまでも高くて青い空
安定してどっしりとした空
そのずっと下で
私たちはそのすがすがしさに
気づかず
地上の雑踏の中で
きたなくて
よどんだ空気を吸って
思わず座り込んでしまう

何もわからないんだ
何も気づいていないんだ
目に見えないものからの
恩恵に気づいていたら

こんなに私たちの顔が
曇るはずもない

見上げた空には
一点の曇りもなく
心をのぞき込むと
一点の光もない
この空と
この心を一つにしたら
何が起こるだろう

軸を持て

自分の軸を持て
それを地球に
グサッと突き刺して
生きてみる
そんな感覚だ

軸は何でもよい
信念のような硬いものでも
愛情のような粘り強いものでも
それは目には見えなくて
自分の中での存在
だから軸の素材は
どんなこと
どんなものでもよい
心を貫き通すような軸を
地球めがけて
突き刺してみる
こうすれば
外からどんな動揺
どんな暴風雨が襲ってきても

やじろべえのように
揺れ動きながらも
決して倒れない
そして軸はいつしか
自分を信じる力となる
支えとなる
柱となる
自分の中に芽生えた魂
外へ移ることはできない
だからここで
この人間を使って
どこまでやれるか
工夫する
動きまわる
それが面倒なら
寝てしまってもいい
まわりの雑音で
自分が死んだりはしない
いつも自分が
一番自分に厳しくて
厳しすぎて
心はすっかりへこたれる

だから軸を
地球に突き刺したら
あとは地球まかせ
自転まかせ
地球とともに
地球に生きる他の生き物たちと
ともに生きている
ともに胸に鼓動を感じて
生きている
それでよい
それだけでよい

イラスト：永田絢弓

一本の木のように

一本の木のように
すくっと立って
太陽の光を浴びる
小鳥たちが
そのまわりを
忙しく飛びまわる

若い木は
ただ自分が成長する
それだけに集中する
激しい競争の中で
一センチでも
一ミリでも
上へ上へと
伸びようとする

そして大木ともなれば
幹には鳥の巣ができて
ひな鳥たちが
元気に産声《うぶごえ》をあげる

それを狙《ねら》って
ヘビたちも上がってくる
樹液を求めて
クワガタやカブトムシもやってくる
雨の日には
リスや鳥たちの雨宿りの場となり
夜になるとフクロウが枝にとまり
目を光らせる
秋には実を食べに
サルやクマたちがやってきて
やがて
木はすっかり疲れたと
自分の葉を落とし
眠りの時間に入る

黙ってすべてを差し出し
すべてを受け取る

キツツキが幹をえぐっても
害虫が幹を食い尽くしても
それで自分が倒れても
文句も言わず

静かに倒れて朽ちていく
それが自然の摂理と信じているから
だからいつも不安はない
すべてを受け入れ
すべてを許すから
それが自然なのだ
不安で不安で
みずからを腐らすものなど
みずから倒れるものなど
自然にはない

イラスト：乃梨りん

そこには何もなくて

そこには何もなくて
ただ空っぽの空間だ
でも人は
その空間に
仮想記憶
仮想荷物を
どんどん積み上げていく

そして歩く場所もなくなり
窓の前にも荷物が積まれ
入り口の前にも
大きな重い記憶が
どっしりと置かれて

その空間の中で
すっかり行き場がなくなり
どんよりとした気分に包まれて
ただ涙を流す

でも
そこには確かに何もなくて

ただ空っぽの空間だ
ひとたび立ち上がって
窓を開ければ
外のさわやかな
酸素満タンの空気が
サーッと入ってきて
その空間を満たす
入り口を開けようと
歩き出せば
入り口はそこにあって
その前に
何もないことに気づく

自分が作り出した
クモの巣のような記憶に
がんじがらめに縛られて
動けないままに
日々を過ごしてきた
ブラックホールのような空間
誰も外から
手を差し伸べられない空間

でも
ただ自らが動き出せばよい
何も考えず
何も怖れず
ただ一匹の動物のように

イラスト：堀内優希

そうすると
体の中のエネルギーが
覆《おお》われていた生命《いのち》の光が
まわりの仮想の影を
すべて消し去ってくれる

ただ動き出せば
一歩を踏み出しさえすれば
ふと眠っていた本来の自分が
大きなあくびをして目覚める

生きていること
活動すること
それが目に見えない
何かの望みなのだろう
何のためでもなく
生きていることのみに
集中して
ただ歩き始めれば
それでよい
それだけなんだ
この世で大切なことは

宝の山

目の前にある
宝の山が
見えるか
見えないか
鍵はそこにある

人は目が見えると
すっかり誤解して
何気なく生きている
物は見えても
本質は見えない
みんな盲《めしい》なのだ

見えるものに失望して
人は心を閉ざす
何も気づいていない
目の前に
誰の目の前にも
神様が置いてくれた
宝の山があることを

それに気づくと
笑顔になれる

木が地面の下から
水を吸い上げて大きくなるように
その術《すべ》がわかると
人間も大きくなれる

誰にも生きる術《すべ》が
与えられているもの

その人だけに
神様が贈ってくれた
宝の山がある
それを信じ
それに気づくと
人はホッとして
自分の人生を
黙ってしみじみと
ゆっくり噛《か》みしめながら
歩むようになる

だれの目の前にも
宝の山はある
澄んだ心で見てごらん

イラスト：永田絢弓

満月の笑顔

夜遅く
バスを降りて
自宅へ向かっていた時
「やあ!」って上から声がした
見上げると
立派な満月がほほえんでいた

まるで天空の暗い空間に
丸くポッカリ穴が空いて
そこから思いっきり
光が差し込んでいるようだ

満月はうれしそうだ
「だって、みんなこっちを見て
うっとりしてくれるからね」って
誇らしげに言ってた
「太陽はすごいけど
ずっと見つめることは
できないさ
でも満月は
みんな見上げて

酒を飲み
歌って踊って
また見上げてくれる
それも笑顔で見つめてくれるのさ」

満月はえらそうに
そりかえって「えへん！」
と言いただけだ
そんな姿を見ていると
思わず吹き出したくなる

「今日は完璧に
まるまる満月！
天空の王様さ！
すごいだろう
それに
とってもやわらかくて
ゆったりとした光
そんな光が
みんなの心の中を
ちょっとでも
暖かく明るくできたらいいなあ」

満月はいつもみんなのそばに
いることが好きなんだ
みんなと挨拶したいんだ
寄り添っていたいんだ

イラスト：永田絢弓

風のように

風のように
この世に生まれ
風のように
流れていく
風のように
正体もなく
風のように
自由自在に
風のように
さわやかに
風のように
激しく
かろやかに

どこまでも
どこまでも
旅をして
山を越え
野原をわたり
時には
蝶とたわむれ
時には
つむじ風となって
クルクルクルクルクル
あちらこちら
踊りまわる

海から
波とともに
崖にぶつかって
くだけ散る
どんなところでも
どんな時も
風のように
吹きすさび
そして
風のように
どこへともなく
消えていく

それが生きるということ
それが死ぬということ
あとには何も残らない
だから
さわやかな余韻だけ
記憶の片隅に
でも　それさえも
風まかせ
消えていくものには
何もいらない

小さな丸い世界で

膝を抱えて
大切そうに
心を包み込んで
体の奥深く
隠し込んで
ぼんやりと下を向いている
何も浮かばない

心の空は
どんよりとして
すべてはこのまま
終わってしまいそう

それなら
それでいい…と思っている

でも
この体勢って
これ以上ちぢこまれない
小さくなれない体勢だ

だったら
これから
手を開いて
体を起こして
立ち上がって
歩いて走って跳躍する

それしかないんだ
冬の植物たちのように
今のちぢこまった私は
来たるべき春を待っている姿だ
そう思うと
今まで
どんよりとしていた
心の空は
ちょっと春めいて
霞《かすみ》がかった空になる
もう小さくなるだけなった
あとはもう大きくなるしかない

雨や雪が
大地をしっとりさせて
生きる力を与えてくれるように
涙も汗も
心の栄養となって
私の心をしっとりとさせてくれる
それがないと
心は砂漠になってしまう
どんな涙であろうと
生きている人間は
泣いてわめいて
汗だらけになって
転げまわって
心を豊かにしていく
楽しいこと苦しいことを
通り過ごして

それぞれの季節を経験していく
そんなことを思っていたら
この丸いちぢこまった体が
木の実か草の芽のように
思えてきた

生きるっておもしろいなあ
ちょっとしんどいけど
心の空に
春のやわらかい日差しが
差し込んできた

イラスト：永田絢弓

夢と希望とパラソル

夢は青い空のようで
私たちのはるか上に広がっている
希望は太陽のように
天空に輝いている
私たちはその下で生きている
時には不安という雲や
突然の悲しみのような積乱雲の下で
びしょ濡れになっても
ささやかな笑顔のパラソルが
あっちこっちに開いて
なぐさめてくれる
そして厚い雲のずっと上に
夢の青い空が広がって
希望は相変わらず
その中心に輝いている
それを信じられたら
青い空からの便りが
さわやかな風に乗って
私たちの心に届いて
ちょっとしたやすらぎを

置いていってくれる
希望の光が
ほほえんでくれる

イラスト：永田絢弓

あとがき

ドイツのロマン派詩人ノヴァーリスは、その著書『青い花』において、「歴史家たるものは当然詩人でもなければならない」と述べている。これを読んだ時、日本史研究者でありながら詩を書き続けてきた私は、最初は驚き、その後、不思議な気分になった。そして、最後には自分の詩作が肯定されたようで、ちょっと嬉しくなったことを覚えている。

詩作といってもプロの詩人や作詞家の方々のように、あるテーマについて、考え抜いて書いたものではない。たとえば、論文を書いている時に行き詰まって、悲観的な考えが頭を支配し、すっかり暗い気分になっていたりすると、自分を励ますように言葉が出てくる。だから、論文の原稿の裏側に詩が書き散らされていたりすることも多い。そうかと思えば、この詩集に含まれている「風のように」という詩は、自宅で勉強していた時、あまりに風が強かったので、ふと自分がこの風になったら……と思った瞬間、次々と言葉が頭の中に浮かんできて、出来上がったものである。ふいに何かに感動したり、その風景が絵画のように頭に浮かんで、それに対してふと言葉が出てきたりした時に、それを書き留める。だいたいは、ちょっと自分が苦しい状況にある時に浮かぶことが多い。まるで自分を慰めるために、自分の心の中にポッカリ空いた穴を埋めるように、詩が浮かんでくる。

表紙とイラストのいくつかは、『ヤマネコ　山にのぼる』（文芸社）、『山猫先生　オランダへゆく』（幻冬舎）〔但し、どちらも現在は絶版になっている〕といったエッセイを以前出版した際に、表紙やイラストを担当してくれた姉（乃梨りん）に頼んだ。それ以外のイラストは、花園大学日本史学科の絵を描くのが大好きな学生たちに描いてもらった。彼らとは、日本史共同研究室で何回か絵の修正のために雑談のように議論しながら、なかなか楽しい時間を過ごすことができた。これも詩集を出版することから生じたささやかな喜びとなった。

これまで書いてきた詩のいくつかを出版できたらいいなあとずっと心に抱いていた。それが、思いがけなくゼミ生の田村丞君の紹介で、海青社の田村由記子さんに出会い、この詩集が出版されることとなった。こういった出会いの連鎖から、この詩集が出版されるようになったことは、誠に奇遇なことであり、幸運なことと深く感謝している。そして、改めて詩集の出版を快く受け入れてくださった、海青社の田村由記子さん、そしてデザイナーの神波みさとさんに、企画立案から内容の構成、そして校正・修正などに至るまで、一生懸命熱心に向き合って頂いたことを感謝し、心より御礼を申し上げます。

鈴木康子

鈴木康子　SUZUKI,Yasuko

東京都生まれ。1989年中央大学大学院文学研究科博士課程単位取得修了。博士(史学)。現在、花園大学文学部教授。主な著書は、『近世日蘭貿易史の研究』(思文閣出版、2004)、『長崎奉行の研究』(思文閣出版、2007)、Japan-Netherlands Trade 1600-1800 : The Dutch East India Company and beyond (京都大学学術出版会、Trans Pacific Pressの共同出版、2012)、『長崎奉行』(筑摩書房、2012)、『転換期の長崎と寛政改革』(ミネルヴァ書房、2023)、その他にエッセイとして、『ヤマネコ 山にのぼる』(文芸社、2005)、『山猫先生 オランダへゆく』(幻冬舎、2016)など。

ソラ猫《ねこ》の そらごと

A Legendary Flying Cat in the Clouds

2024年3月15日　初版第1刷発行

本書web

著　　者　鈴木 康子
発 行 者　田村 由記子
発 行 所　株式会社 海青社
〒520-0026　滋賀県大津市桜野町 1-20-21
TEL　077-502-0874　FAX　077-502-0418
https://www.kaiseisha-press.ne.jp/

ISBN 978-4-86099-425-9　C0092

落丁・乱丁の場合は弊社までご連絡ください。送料弊社負担にてお取り替えいたします。

改訂情報・正誤表など本書に関する情報は本書webをご参照ください。